Emily Gravett

El oso y la

¡Mío!

 Picarona

El oso y la liebre decidieron dar un paseo.

—¿La compartimos?

—preguntó el oso.

—¡Es mía!

—exclamó la liebre.

Pero al oso no le importó.

El oso y la liebre
decidieron dar un paseo.

—¿Compartimos uno?
—quiso saber el oso.

—¡Es mío!

—contestó la liebre.

Pero al oso no le importó.

El oso y la liebre
decidieron dar un paseo.

—¡Ooooh, un globo!

—¿Lo compartimos?
—preguntó el oso.

—¡ES mío!

—respondió la liebre.

El oso y la liebre decidieron dar un paseo.

—¡Ooh, miel!

Pero el oso ya no estaba allí.

—¡NO ME IMPORTA!

—repuso la liebre.

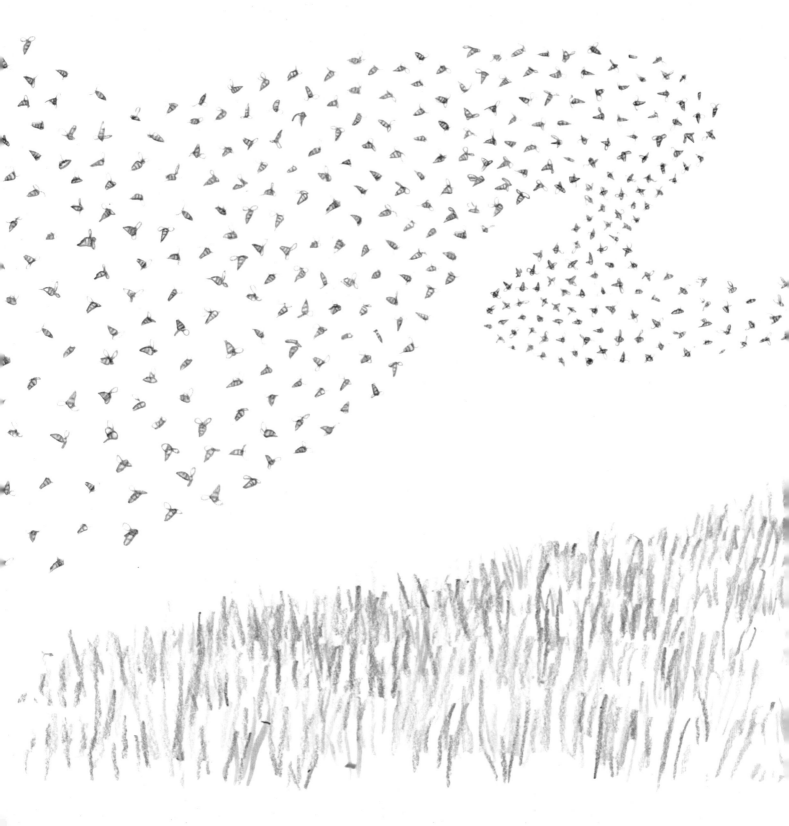

—Venga, venga, no es nada
—dijo el oso.

—¿Compartimos?

—preguntó la liebre.

Puede consultar nuestro catálogo en
www.picarona.net

EL OSO Y LA LIEBRE - ¡MÍO!
Texto e ilustraciones de *Emily Gravett*

1.ª edición: enero de 2017

Título original: *Bear and Hare - Mine!*

Traducción: *Joana Delgado*
Maquetación: *Montse Martín*
Corrección: *M.ª Ángeles Olivera*

© 2014, Emily Gravett
(Reservados todos los derechos)
Primera edición en 2016 por MacMillan Children's Books, sello editorial de Pan MacMillan,
una división de MacMillan Publishers Int. Ltd.
© 2017, Ediciones Obelisco, S. L.
www.edicionesobelisco.com
(Reservados los derechos para la lengua española)

Para Sonny

Edita: Picarona, sello infantil de Ediciones Obelisco, S. L.
Collita, 23-25. Pol. Ind. Molí de La Bastida
08191 Rubí - Barcelona - España
Tel. 93 309 85 25 - Fax 93 309 85 23
E-mail: picarona@picarona.net

ISBN: 978-84-16648-80-1
Depósito Legal: B-14.814-2016

Printed in China

31901062446200